JEAN RICHEPIN

LE MAGE

OPÉRA
EN CINQ ACTES ET SIX TABLEAUX

MUSIQUE DE

J. MASSENET

PARIS
G. HARTMANN ET Cie, ÉDITEURS
20, RUE DAUNOU

1891

LE MAGE

OPÉRA

Représenté pour la première fois

A L'ACADÉMIE NATIONALE DE MUSIQUE

le 16 mars 1891.

PARIS. — IMPRIMERIE CHAIX, 20, RUE BERGÈRE. — 4774-2-91.

LE MAGE

OPÉRA EN CINQ ACTES ET SIX TABLEAUX

POÈME DE

JEAN RICHEPIN

MUSIQUE DE

J. MASSENET

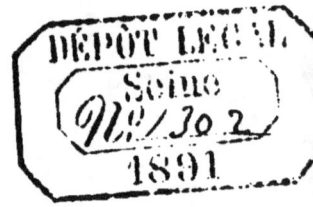

PARIS

G. HARTMANN ET Cie, ÉDITEURS

20, RUE DAUNOU

—

1891

PERSONNAGES

ZARÂSTRA . . . . MM. Vergnet

AMROU, grand-prêtre des Dévas . . . . Delmas

LE ROI DE L'IRAN . . . . Martapoura

UN PRISONNIER TOURANIEN . . Affre

UN HÉRAUT . . . . Douaillier

UN CHEF IRANIEN . . . . Voulet

UN CHEF TOURANIEN . . . . . . Ragneau

VAREDHA, fille d'Amrou, et prêtresse
de la Djahi . . . . Mᵐᵉˢ Fiérens

ANAHITA, reine du Touran . . . . . Lureau-Escalaïs

GUERRIERS DE L'IRAN, GUERRIERS DU TOURAN,
PRÊTRES DES DÉVAS, PRÊTRESSES DE LA DJAHI, MAGES,
CAPTIFS ET CAPTIVES TOURANIENS, PEUPLE.

———

La scène se passe dans la Bactriane, à l'époque légendaire où s'est
fondé le Mazdéïsme, 2,500 ans environ avant l'ère chrétienne.

———

Pour traiter des représentations et de la location de la partition
et des parties d'orchestre, s'adresser à MM. G. Hartmann et Cⁱᵉ,
seuls propriétaires pour tous pays, 20, rue Daunou.

———

LE MAGE

ACTE PREMIER

Le camp de Zaràstra, près la ville de Bakhdi.

Sous de grands cèdres un amas de prisonniers touraniens couchés. Un groupe de guerriers iraniens les surveille. Devant la tente de Zaràstra, dont l'entrée est close, d'autres guerriers iraniens montent la garde. C'est la nuit encore. Torches éclairant vaguement le camp.

SCÈNE PREMIÈRE

LES PRISONNIERS, murmurant le refrain d'une chanson touranienne

Là, leïa, leïa, leïa, leïa, à, à!

UN PRISONNIER.

Par les monts, par les vaux,
Pour trouver des cieux nouveaux,
Au roulis des chevaux,
La tribu passe.

LES PRISONNIERS.

Là, leïa, leïa, leïa, leïa, à, à!

UN PRISONNIER.

Où va-t-elle en rêvant?
Où s'en va la poudre au vent.
Mais toujours de l'avant
Et vers l'espace.

LES PRISONNIERS.

Là, leïà, leïà, leïà, leïà, à, à!

UN CHEF TOURANIEN, qui s'est levé.

O lâches! vous chantez dans les entraves!

QUELQUES PRISONNIERS.

Nous chantions en nous battant;
Nous servirons en chantant.
Les résignés sont les braves.
Là, leïà, leïà, leïà, leïà, à, à!

TOUS LES PRISONNIERS.

Là, leïà, leïà, leïà, leïà, à, à!

La chanson est interrompue par un lointain appel de trompettes.

SCÈNE II

LES MÊMES, UN CHEF IRANIEN, puis
DES TROMPETTES.

UN CHEF IRANIEN, traversant le camp et venant à l'avant-scène.

Debout, prisonniers, le jour va paraître.

Répondant au premier appel, des sonneries plus rapprochées éclatent aux quatre coins du camp; puis des trompettes venant, l'un de droite, et l'autre de gauche s'arrêtent au milieu de la scène et, dos au public, sonnent la diane. Les prisonniers se lèvent lentement. On éteint les falots. Le jour est venu peu à peu et continue à grandir pendant la scène suivante. Parmi les sonneries, le camp s'éveille.

SCÈNE III

LES MÊMES, AMROU, VAREDHA.

Tandis que Varedha, entrée avec Amrou, reste au fond, à regarder l'éveil du camp, Amrou s'avance vers le chef iranien.

AMROU, au chef iranien.

Annonce à Zaràstra que je suis arrivé,
Moi, le grand-prêtre.

Le chef iranien entre dans la tente de Zaràstra.

LE CHEF TOURANIEN, aux prisonniers, en leur montrant Amrou.

C'est grâce aux avis de ce traître
Que le Touran s'est soulevé!

LES PRISONNIERS, murmurant contre Amrou.

Ah! ah!...

AMROU.

Tais-toi, peuple servile!

Aux gardiens des prisonniers.

Vous, qu'on les mène à la honte qui les attend!
Pour orner du vainqueur le triomphe éclatant,
Ils vont, comme un bétail, défiler par la ville.

Il ordonne, par un geste, de les emmener.

LE CHEF IRANIEN, ressortant de la tente de Zaràstra.

Mon maître Zaràstra
Tout à l'heure, au conseil, te rejoindra.

AMROU, aux gardiens des prisonniers et au chef Iranien.

En marche!

A Varedha, de loin.

Toi, ma fille, reste!

Les prisonniers se mettent en marche. L'un d'eux reprend machinalement son refrain : Là, leïd, leïd, leïd, leïd, à, à, qui va s'éloignant. Amrou sort avec eux après un dernier geste d'adieu à sa fille. Le chef touranien sort le dernier.

LE CHEF TOURANIEN, en sortant.

Jour maudit! jour funeste

SCÈNE IV

VAREDHA, seule, s'avançant.

Jour béni par les dieux!
Jour où je vais revoir le héros que j'adore!
Comme au firmament radieux
Dans mon cœur s'éveille l'aurore!

O pauvre cœur qui tristement souffrait
Sous le poids d'un secret,
Dans son deuil solitaire
Il ressemblait aux champs
Quand les hivers méchants
Font un linceul à la froide terre.

Mais cet amour que je devais cacher,
Puisqu'il va s'épancher
De mes lèvres ouvertes,
Mon cœur est un jardin
Où le printemps soudain,
Le gai printemps, met ses feuilles vertes.

SCÈNE V

VAREDHA, ZARÂSTRA.

ZARÂSTRA, sortant de sa tente.

Toi, Varedha !...

Il congédie les gardiens de sa tente.

VAREDHA.

Oui ! Pourquoi dans tes yeux
Cette froide lumière ?
A fêter ton retour victorieux,
Je voulais être la première.

ZARÂSTRA.

O prêtresse de la Djahi,
De toi je me croyais haï.

VAREDHA.

Ah ! rien ne ressemble à la haine
Comme un amour désespéré.
Mes vœux de prêtresse, ainsi qu'une chaîne,
Me liaient à l'autel sacré.
Mais aujourd'hui, par ton triomphe même
Admis au rang des Rois,
Pour briser mes liens tes mains ont tous les droits,
Et je peux t'avouer que je t'aime !

ZARÂSTRA.

Que dis-tu là ? Ne sais-tu pas
Que ta déesse m'épouvante,
Et que loin d'elle et de toi, sa servante,
J'ai toujours détourné mes pas ?

VAREDHA.

Pourquoi ? pourquoi lui rester rebelle ?
Par elle tous les cœurs sont domptés ;
C'est la déesse des voluptés ;
Je suis sa prêtresse et je suis belle.
Écoute ! Ses mystères divins
Troublent la raison comme des vins
Dont l'enivrante odeur vous embrase.
Ah ! laisse-toi par eux embraser !
Laisse-toi, par l'oiseau du baiser,
Ravir au paradis de l'extase !

Je suis belle.
Viens ! Pourquoi, pourquoi me rester rebelle ?

ZARÂSTRA, résolu.

Je ne t'aime pas !

VAREDHA suppliante.

Zarâstra, viens ! Écoute encor !... Tout bas !...

ZARASTRA, s'éloignant.

Non, non, je t'ai trop écoutée.
Adieu ! adieu !

VAREDHA.

Je t'aime. Écoute-moi ! Viens.

ZARÂSTRA, s'enfuyant.

Non, non, non ! Adieu !

SCÈNE VI

VAREDHA, seule.

Il ne m'aime pas ! Ma vie est désenchantée !
A quel Dieu
En appeler dans ma détresse ?
Si toi, Djahi, déesse aux éloquents discours,
Tu ne peux rien pour ta prêtresse,
Qui donc viendrait à mon secours ?

SCÈNE VII

VAREDHA, AMROU.

AMROU, surgissant de derrière un cèdre.

Moi, ma fille, et les noirs Dévas dont je suis prêtre.
J'étais là, j'ai tout entendu.
Retourne à la cité. Ne laisse rien paraître.
Va, tout espoir n'est pas perdu.

Varedha sort.

SCÈNE VIII

AMROU, seul.

Dévas terribles et sombres,
Dieux de la ruse et des ombres,

Contre cet orgueilleux j'implore votre appui.

Regardant vers le fond à droite.

Mais que vois-je là-bas ? C'est lui
Près d'une femme aux airs de souveraine.
Du Touran c'est la Reine.
Comme il la contemple amoureusement !
Ah ! pauvre Varedha, voilà donc la merveille
Pour laquelle il t'inflige un si rude tourment !
Mais ne crains rien. Moi, je veille.

Il sort en se dissimulant derrière les cèdres.

SCÈNE IX

ZARÂSTRA, ANAHITA.

Ils entrent par le fond. Anahita triste, Zarâstra la contemplant, ils s'avancent
d'une allure très lente.

ZARÁSTRA.

Quoi! toujours le front soucieux !
Toujours ce voile
Sur les beaux yeux
Comme un nuage sur l'étoile!

ANAHITA.

Hélas! à ma défaite j'ai survécu.
Je suis captive et mon peuple est vaincu !

ZARÂSTRA.

Ah ! cette victoire,
Pardonne-la-moi!
Ce n'était pas par amour de la gloire
Que j'ai lutté, sans pitié, sans émoi;

Ce n'était pas excité par la haine
    Contre le peuple de Touran ;
Mais c'était pour monter jusqu'au rang
Où je puis être aimé d'une reine.

ANAHITA.

    Si je t'aime, je trahis
    Mes guerriers et mon pays.
Chez nous, d'ailleurs, on est d'humeur sauvage :
    On n'aime pas en esclavage.

ZARÂSTRA.

    O cœur indompté,
    Cavale rétive,
T'ai-je traitée en captive ?
Soumis à ta volonté,
        Je t'implore,
Et je demande humblement
Que sur le rosier charmant
De ta bouche un mot aimant
        Daigne éclore.

ANAHITA, à part, mais entendue par Zarâstra extasié.

    Ah ! ce mot divin,
    Il est sur ma bouche,
    Et je lutte en vain
    Pour rester farouche.
    Ce vainqueur si fier
    Qui frappait hier
    D'estoc et de taille,
    Et dont les yeux clairs
    Emplissaient d'éclairs
    Le champ de bataille,
    Humble je le vois,
    Et sa rude voix

                                    1.

En sanglots se brise
Avec des accents
Doux et caressants
Ainsi qu'une brise.

ZARÂSTRA.

Ne me parle pas à demi;
Dis-moi que tu m'aimes!

On entend au loin la chanson touranienne du début.

NAHITA.

Écoute!
Là-bas sur la route
Mon peuple a gémi.

ZARÂSTRA.

Non, c'est le vent qui se lamente.

ANAHITA.

De notre ennemi
Je ne peux pas être l'amante.

ZARÂSTRA.

Anahita, ne pleure pas!

ANAHITA.

Je les entends pleurer là-bas!

ZARÂSTRA.

N'entends que moi te disant : Je t'aime!
Ce mot, dis-le toi-même.

ANAHITA.

Humble, je le vois,
Et sa rude voix

En sanglots se brise
Avec des accents
Doux et caressants.
Ainsi qu'une brise.

LES PRISONNIERS, au loin.

Là, leïä, leïä, leïä, leïä, à, à.

UNE VOIX SEULE.

Où va-t-elle en rêvant ?
Où s'en va la poudre au vent ;
Mais toujours de l'avant...

ANAHITA, avec des sanglots désespérés, sur le motif du refrain touranien.

Ah! ah! ah!

Elle s'éloigne de Zaràstra comme si elle voulait suivre les prisonniers qui passent
à l'horizon ; mais Zaràstra, doucement, la ramène près de la tente. Anahita, anéantie,
tombe sur les coussins en pleurant. Zaràstra se jette à genoux devant elle.

ANAHITA.

Hélas! ils s'en vont, et je reste ici.
Mon peuple est captif et mon cœur aussi.

ACTE DEUXIÈME

PREMIER TABLEAU

Les souterrains du Temple de la Djahi.

Au fond, un escalier qui monte vers une ouverture très haute et très lointaine,
A gauche, un escalier qui descend sous le sol. L'endroit est ténébreux et sinistre,
moitié salle, moitié caverne, avec ses piliers énormes et informes taillés à même
le roc.

CHOEUR, au dehors.

C'est lui ! c'est lui ! le héros ! le vainqueur !

VAREDHA, une lampe à la main, descend l'escalier du fond et se dirige
rapidement vers l'escalier conduisant au souterrain inférieur ; mais en entendant
les acclamations, elle s'arrête, pose sa lampe sur une pierre et écoute anxieusement.

Ah ! comme ils déchirent mon cœur
Ces cris de fête !
Ils semblent railler ma défaite !

Descendant toujours vers le souterrain inférieur.

Descendons plus bas
Encor plus bas dans les ténèbres.
Descendons toujours plus bas !
Là je n'entendrai pas
Ces chants de fête qui me sont des chants funèbres.

CHOEUR, au dehors.

C'est lui ! c'est lui ! le héros, le vainqueur !

VAREDHA.

Ah ! comme ils charmeraient mon cœur
Ces chants de fête triomphale,
Comme ils m'emporteraient dans leur rafale,

Comme à leurs cris retentissants
Je mêlerais de fiers accents,
Si j'étais aimée !

CHOEUR, au dehors.

Faisons sa route parfumée !

VAREDHA.

Ah ! si j'étais aimée !
Hélas ! hélas ! Descendons plus bas
Encor plus bas dans les ténèbres.
Descendons toujours plus bas
Là, je n'entendrai pas
Ces chants de fête qui seront mes chants funèbres.

Tout en chantant, elle est descendue en effet de plus en plus bas dans le caveau
inférieur ; on ne voit plus maintenant que son buste au-dessus du sol.

AMROU, paraissant sur l'escalier du fond.

Où fuis-tu, Varedha, ma fille ?

VAREDHA.

Vers la mort !

AMROU.

Et moi, je t'apporte la vie !

VAREDHA, remontant vivement.

Ah ! quel espoir renaît dans mon âme ravie !
De m'avoir repoussée aurait-il du remord ?
Il t'a dit qu'il m'aimait peut-être ?

AMROU.

Non, mais j'ai consulté les dieux dont je suis prêtre.
Les noirs Dévas m'ont inspiré.
Espère, espère,
Je te vengerai.

VAREDHA.

Moi ! me venger de lui ! Je ne veux pas, mon père.

AMROU.

Puisqu'il te hait toujours !

VAREDHA.

Puisque je l'aime encore !

CHOEUR, au dehors.

Semons des fleurs sous ses pas !

AMROU.

C'est de toi qu'il triomphe aussi. N'entends-tu pas ?
Celui pour qui la ville se décore,
Des vœux que tu formais foule aux pieds les débris.
Et toi, lâchement, tu souris !
Et dans sa gloire oubliant ses mépris
Tu l'aimes encor davantage.
Et pourtant, c'est de toi qu'il triomphe !... Mais quoi !
Cette gloire, est-ce avec toi,
Qu'il la partage ?
Et si quelque autre femme...

VAREDHA.

Que dis-tu ?

AMROU.

Oui, si quelque autre femme en te volant sa gloire
Avait dompté sa farouche vertu ?

VAREDHA.

Non, non, je ne peux pas te croire,
Lui, mon héros ! mon adoré !

AMROU.

Ah ! dans l'orgueil dont il est énivré,
Cette autre femme, il l'aime !...
Viens ! et tu me croiras !... Viens, et qu'à ton front blême
Montent la honte et la fureur !

VAREDHA.

Non! Dis-moi que tu fus le jouet d'une erreur!...
Je comprends qu'il me repousse ;
Je comprends qu'on l'aime et qu'il n'aime pas ;
Je comprends tous les cœurs enchaînés à ses pas ;
Mais que la voix d'une autre lui soit douce,
Qu'aux aveux de cette autre il trouve des appas,
Qu'auprès d'elle, ô folie,
Il m'outrage, il m'oublie,
Non! non! cela, je ne le crois pas!

AMROU.

Il l'aime!

VAREDHA.

O cruauté!

AMROU.

Pas de pitié! tu m'entendras.
Il l'aime! Et, dès ce soir, cette autre, entre ses bras,
Cédant à ses désirs, les provoquant peut-être,
Cette autre lui dira :
Zarâstra,
Sois mon amant, mon maître!

VAREDHA.

Assez! tais-toi! tais-toi! Cela ne sera pas.

AMROU.

Alors, viens! viens sur mes pas
L'arracher de ses bras.

VAREDHA.

Oui, je saurai l'arracher de ses bras!

Varedha remonte l'escalier du fond, avec un élan éperdu. Amrou la suit triomphant.

Changement à vue.

DEUXIÈME TABLEAU

La place royale de Bakhdi.

A droite, en diagonale, l'estrade du trône. — A gauche faisant face à l'estrade, porche immense. — Au fond, se détachant du palais qui ceint la place, une terrasse circulaire et suspendue sur des piliers énormes. — La place est fourmillante de foule. Les dignitaires se tiennent sous l'estrade du Roi. Les prêtres et les prêtresses sont massés près du porche.

SCÈNE PREMIÈRE

LE ROI, AMROU avec les PRÊTRES, VAREDHA avec les PRÊTRESSES, LE HÉRAUT, DIGNITAIRES et GUERRIERS DE L'IRAN; puis CHEFS TOURANIENS CAPTIFS, VIERGES TOURANIENNES CAPTIVES, PORTEURS DE BUTIN; sur la place, la FOULE IRANIENNE.

LE HÉRAULT, entrant.

Grand roi, dans un instant mon maître
Zaràstra
Devant toi paraîtra.
Mais d'abord, daigne lui permettre
De te montrer les ennemis
Qu'il a soumis
A ta puissance.

Le Hérault monte sur une plate-forme à la droite du Roi, et, de là-haut, annonce les différents groupes du cortège triomphal, qui défilent d'abord sur la terrasse suspendue, puis disparaissent à gauche, reparaissent par le porche et traversent la place, du premier plan gauche au fond à droite.

Voici les chefs des terribles guerriers.
Il leur a fait lâcher les étriers
Et te jurer obéissance.
Ces guerriers, notre effroi,
Il te les donne, ô roi!

LA FOULE.

Il te les donne, ô roi!

LE HÉRAUT.

Entrée des Vierges captives.

La troupe prisonnière
Des vierges, la voici.
De la première à la dernière,
Il te les donne aussi.

LA FOULE.

Il te les donne aussi.

LE HÉRAUT.

Entrée du butin.

Voici les harnais et les rênes,
Les peaux d'ours et de rennes,
Les cuirs écaillés de métal.
Vois ces paniers d'argent d'où ruisselle l'or jaune!
Fais-en la splendeur de ton trône.
Que ton palais
S'en décore!
Tous ces trésors, accepte-les!
Zarâstra te les donne encore!

Le char triomphal qui porte Zarâstra paraît sur la terrasse.

LA FOULE.

C'est lui! c'est Zarâstra qui vient! O bienfaiteur!
Gloire à sa tête élue!
Gloire au triomphateur!

Marche et acclamations.

SCÈNE II

Les Mêmes, ZARÂSTRA.

ZARÂSTRA, sortant du porche et s'avançant vers le Roi.

O roi, ton serviteur
Te salue!

LE ROI.

Bon serviteur, ton maître te salue.
De l'Iran tu fus le rempart.
Ton nom retentira dans l'histoire sonore.
Dès aujourd'hui ton roi t'honore
Et de ces biens tu peux choisir ta part.

ZARÂSTRA.

Que mon roi me pardonne,
Si j'ai déjà choisi.
Tous ces trésors, je te les donne;
Mais j'ai gardé ceci!

La litière d'Anahita passe sur la terrasse; puis Anahita arrive et s'arrête sous le
porche, escortée de suivantes qui tiennent au-dessus et autour d'elle un dais et
comme un mur de voiles.

SCÈNE III

Les Mêmes, ANAHITA.

ZARÂSTRA.

Oui, parais, astre de mon ciel,
Abeille d'or dont l'amour est le miel!

Soulève l'ombre de ces voiles
     Cachant ton front gracieux !
Soulève l'ombre de ces voiles,
     Que je montre à tous les yeux
Ton visage d'aurore et tes regards d'étoiles !

     Oui, parais, soleil de mes yeux,
     Seul trésor vraiment précieux,
     Seul bien dont mon désir s'enflamme.
     Toi que j'ai prise et qui m'as pris,
     De ma victoire sois le prix.
     C'est toi la part que je réclame.
Ce rêve que j'ai fait, si ton cœur l'accepta,
     Parais, parais, Anahita !

Anahita sort de ses voiles.

TOUS.

O beauté sans pareille ! ô merveille éclatante !

ANAHITA, venant saluer le roi.

Grand roi, par ta captive hommage t'est rendu.
Douce captivité dont mon âme est contente !
Aux vœux de Zaràstra, mes vœux ont répondu.
Il a soumis mon peuple, il me soumet moi-même.
     Près de lui que j'aime et qui m'aime
     J'oublierai mon trône perdu !

LE ROI, descendu de son trône.

Par le charme où fleurit ta grâce souveraine,
Captive Anahita, tu restes toujours reine.
Un roi seul méritait de régner sur ton cœur ;
Mais, puisque j'ai promis, sois donc à ton vainqueur !

AMROU, s'avançant.

     Arrête, ô roi ! que ta justice
     Sur Zaràstra s'appesantisse !
Il ne peut épouser la reine librement.
Il est, avec une autre, engagé par serment.

TOUS.

Que dit-il?

VAREDHA, s'avançant à son tour et désignant du doigt Zarâstra.

Il dit vrai. Cet homme est mon amant!

TOUS.

Quoi ! Zarâstra serait un traître !
Devons-nous te croire, ô grand-prêtre ?

ZARÂSTRA.

Non, ne le croyez pas. Il ment.
Jamais je n'ai fait ce serment.
Tu mens aussi, prêtresse infâme.
Ne te souviens-tu pas qu'hier
J'ai repoussé, farouche et fier,
L'aveu de ton impure flamme ?

VAREDHA.

Hier, c'est vrai; mais autrefois
Tu me parlais d'une plus douce voix.
A tant de trahison je ne pouvais m'attendre.
Souviens-toi, souviens-toi de la promesse tendre
Que tu me fis entendre
Devant l'autel des Dieux !
Souviens-toi des adieux,
Des extases bénies,
De nos lèvres unies.
Souviens-toi des serments !

ZARÂSTRA.
Tu mens!

VAREDHA

O divines ivresses !
Heures enchanteresses,
Serments, baisers, caresses !
Souviens-toi des baisers, souviens-toi des serments!

ENSEMBLE.

VARÈHDA, à part.

Hélas ! pourquoi n'es-tu qu'un vain songe,
Passé qu'évoque mon mensonge ?

AMROU.

Tu n'es rien qu'un vain songe,
Passé qu'évoque son mensonge.

ZARÀSTRA.

Non, ne croyez pas à ce mensonge !
Je suis le jouet d'un affreux songe.

ANAHITA.

Trahison dont meurt mon beau songe !
Son amour n'était que mensonge.

AMROU, seul.

O roi juste, et vous tous, vous avez entendu.
Si quelque doute encor reste en votre âme,
Un dernier témoignage écrasera l'infâme.
Prêtres, parlez, et qu'il soit confondu !

AMROU ET LES PRÊTRES.

Par les Dévas auxquels Zarâstra fait injure,
Par les Dévas, gardiens de tout serment prêté,
Par les Dévas, moi, leur serviteur, je le jure,

LES PRÊTRES, seuls.

Le grand-prêtre et sa fille ont dit la vérité !

ZARÀSTRA.

De quel complot suis-je la proie ?
O vous qu'ose invoquer leur mensonge odieux,
Pouvez-vous les entendre, ô Dieux,
Sans que votre main les foudroie ?

ANAHITA.

Va, tu veux te défendre en vain.
Ils ont pour eux l'appui divin
Et leur témoignage t'accable.
Tous tes efforts sont superflus.
Je crois à leur voix implacable;
Et la tienne, je n'y crois plus.
Va, retourne à l'amour passée,
A ton ancienne fiancée,
A celle qui reçut mêmes serments que moi.
Je ne suis plus à toi!

ENSEMBLE

AMROU.

Roi juste, rends justice à ma fille outragée,
Et par toi qu'elle soit vengée!

VAREDHA et ANAHITA.

Roi juste, rends justice à mon âme outragée!

ZARÂSTRA.

Roi juste, ta promesse à moi s'est engagée!

LES PRÊTRES.

Roi juste, que par toi Varedha soit vengée!

LA FOULE.

O roi, sois le roi juste! Et sa fille outragée,
Par toi qu'elle soit vengée!

LE ROI, seul.

Voici le juste arrêt que je rends malgré moi.
à Zarâstra.
Épouse Varedha, c'est l'ordre de la loi.

TOUS.

La justice a parlé par la bouche du roi.

ZARÀSTRA, au roi.

Non, je n'accepte pas cet arrêt qui m'outrage
Et que je n'ai pas mérité.
En vain mes ennemis pour me perdre font rage ;
Moi seul j'ai dit la vérité.
Tous, vous avez menti contre mon innocence.
Anahita, tu mens à nos rêves trahis.
Injuste roi, mon bras a sauvé le pays ;
Tu mens à ta reconnaissance !

TOUS.

Il insulte du roi la suprême puissance !

ZARÀSTRA.

Non, je ne t'obéirai pas !
Loin de mon ingrate patrie,
Loin de ce monde où mon espérance est flétrie,
Je porterai plutôt mes pas.
Pays du mensonge et de l'ingratitude,
Reçois mes tristes adieux !
J'irai dans la solitude
Chercher de plus justes dieux !

TOUS.

Qu'on le punisse,
Qu'on le bannisse !

ZARÀSTRA, à la foule.

Oui, oui, peuple mauvais,
Loin de toi je m'en vais.
A Varedha et Amrou.

Adieu, vous dont la ruse
Me poursuit et m'accuse ;
A Anahita.

Toi dont l'amour refuse
De croire à mes serments !

LE MAGE.

Adieu toi-même, ô gloire,
O triomphe illusoire!

Il arrache et jette à terre ses colliers de pierres, ses bracelets et son épée.

Adieu, vains ornements!

TOUS.

Il nous insulte tous en méprisant sa gloire.
O dieux qui l'entendez, vous êtes trop cléments!

ZARÂSTRA.

Ah! sois maudit, monde qui mens!
Soyez maudits, vous tous dont le parjure
A ma loyauté fit injure!
Soyez maudits, prêtres imposteurs,
Vils instruments de mon supplice,
O faux témoins dont le ciel est complice!
Sacrilèges, soyez maudits! Blasphémateurs!
Et maudits soient vos Dieux qui sont des Dieux menteurs!

TOUS, *avec un grand cri d'épouvante et s'écartant en tumulte et subitement de Zarâstra qui reste isolé à gauche.*

Il a maudit les dieux! Que de lui l'on s'écarte!
Qu'il parte, infâme et détesté!
Qu'il parte!

ZARÂSTRA, *les yeux au ciel.*

J'en appelle à Mazda, le Dieu de vérité!

Tandis que tous le chassent et le flétrissent d'un geste d'anathème, il sort lentement par le porche, en les bravant du regard.

ACTE TROISIÈME

La Montagne sainte.

Un val sauvage. Rochers et broussailles. Escarpements en gradins qui semblent monter à l'assaut vers le pic neigeux dressé au fond. Ciel d'orage, roux, brouillé, bas, dont les nuages s'écrasent jusqu'au sol. Le pic est incessamment enveloppé de fulgurations lointaines. Des éclairs plus proches éclatent de temps à autre dans les nuages surplombant la scène.

SCÈNE PREMIÈRE

MAGES, Hommes et Femmes des champs, ZARÂSTRA
invisible dans la montagne.

Au lever du rideau les premiers plans de la scène sont vides. Les Mages sont étagés sur les plus bas escarpements de la montagne. La foule se tient au pied des rocs formant la base. Tous ont les bras tendus en prière vers la montagne.

LES MAGES.

Sur la montagne sacrée
Voici qu'un éclair a lui.
C'est le regard du Dieu qui détruit et qui crée.
Zarâstra s'entretient face à face avec lui.

CHŒUR GÉNÉRAL.

Au Dieu du feu rendons hommage
Et prions tout bas pour le Mage.

Murmure de prière presque silencieuse. Plusieurs grands éclairs.

2

ZARÂSTRA Invisible, dans le haut de la montagne.

Ahoura-Mazda, Dieu tout-puissant,
Parmi les éclairs je te contemple.
La nue est en flamme, et c'est ton temple
Éblouissant !

CHŒUR GÉNÉRAL.

Au Dieu du feu rendons hommage
Et prions tout bas pour le Mage.

Nouveau murmure de prière presque silencieuse.

ZARÂSTRA, même jeu que précédemment.

Ahoura-Mazda Dieu, tout-puissant,
Au Mage effaré qui te vénère
Réponds par la voix de ton tonnerre
Retentissant !

Coup de tonnerre formidable.

SCÈNE II

LES MÊMES, ZARÂSTRA visible.

Au coup de tonnerre, tout le monde a reculé vers l'avant-scène et Zarâstra paraît, la
face terrifiée, puis descend presque en courant les escarpements. Quelques mages
viennent le recevoir en bas et le soutenir, tandis que la foule psalmodie.

CHŒUR GÉNÉRAL.

Au Dieu du feu rendons hommage,
Et prions tout bas pour le Mage.

ZARÂSTRA tombé à genoux, les mains au-dessus de la tête dans une posture
écrasée, sans oser se retourner vers la montagne.

Le Dieu terrible a répondu.
Sur mon front éperdu

Je sens encor le souffle de son Verbe,
Et je suis pareil au brin d'herbe
Que la flamme a tordu.

CHŒUR GÉNÉRAL

Au Dieu du feu rendons hommage;
Il daigna parler à son Mage.

Les nuages se sont dissipés peu à peu. Le ciel apparaît, incendié peu à peu aussi par un coucher de soleil glorieux.

ZARASTRA, se relevant.

Oui, le Dieu m'a parlé!
Je l'ai vu face à face.
De vos cœurs et du mien que jamais ne s'efface
Ce qu'il m'a révélé!
C'est la loi de justice et les mots de lumière.
Disciples de ma foi,
Recevez-en la semence première
Que vous sèmerez avec moi.

CHŒUR GÉNÉRAL

Comme à l'aube les fleurs ont ouvert leurs corolles,
Mon âme s'ouvre à tes paroles.

ZARASTRA.

Heureux celui dont la vie
Pour le bien aura lutté toujours!
Car son âme est ravie
Au bonheur éternel des célestes séjours.
Les douleurs qu'il eut sur la terre
Lui deviendront là-haut des voluptés sans fin.
S'il eut soif, c'est le vin qui toujours désaltère;
Et c'est le pain servi pour jamais, s'il eut faim.
O sort divin de celui qui sans trêve
Contre Ahriman aura nourri le feu!
Il va, joyeux, au ciel conquis vivre son rêve,
Vêtu de gloire et d'or comme son Dieu.

CHŒUR GÉNÉRAL.

Quelle extase il nous révèle!
A nos frères souffrants portons-en la nouvelle.

ZARÂSTRA.

Oui, mais d'abord, vous tous qui m'écoutez,
O mes premiers fidèles
Avec moi répétez
Un hymne qui vers Dieu s'envole à tire d'ailes
Comme un oiseau chanteur montant dans les clartés.

Le ciel est dans toute la splendeur de sa pourpre.

ZARÂSTRA, puis LES MAGES et toute la foule.

O ciel d'Ahoura, beau ciel d'or en feu,
Vers toi va mon vœu,
Ciel qu'emplit le regard de Dieu !

O Dieu des splendeurs, créateur du jour,
O Dieu de l'amour,
Que nos cœurs soient ton fier séjour !

Dieu fort, verse en nous qui portons ta loi,
La flamme et la foi !
Tes élus vont lutter pour toi !

Les Mages s'agenouillent en cercle autour de Zarâstra, et la foule se prosterne.

ZARASTRA, leur imposant les mains.

Arme ceux-là, car l'heure est sombre ;
Arme tes mages qui dans l'ombre
A tes enfants portent ta loi !

Il leur fait signe de s'en aller. Tous s'éloignent par groupes qui essaiment vers les
quatre coins de l'horizon. A mesure que la foule se disperse lentement, le couchant
s'efface et le ciel s'emplit du pâle et bleu crépuscule.

LES VOIX, au loin.

Arme nos cœurs, car l'heure est sombre ;
Arme tes mages qui dans l'ombre
A tes enfants portent ta loi !

SCÈNE III

ZARÂSTRA, seul.

Hélas ! me voilà seul. Ma force m'abandonne.
J'ai peur de n'avoir plus l'ardeur que je leur donne.
Avec eux on dirait que ma foi me quitta.

Il demeure pensif, puis d'une voix murmurante.

Anahita !... Anahita !...

Se reprenant.

Mais non, non ! Souvenir trop cher qui me rends lâche,
Arrière, laisse-moi ! Je dois remplir ma tâche.
Ahoura m'a choisi pour chercher ses élus.
O terrestres bonheurs, de vous je ne veux plus.
C'est sans doute Ahriman qui dans l'ombre me tente.
Viens, Ahoura, soutiens ma ferveur hésitante,
Prions, prions !

Il s'agenouille, tourné vers la montagne et prie longuement et silencieusement.

En se relevant. Voici que mon cœur est plus pur.
J'oublierai tout ! J'en ai la force.

Entre Varedha.

SCÈNE IV

ZARÂSTRA, VAREDHA.

VAREDHA.

En es-tu sûr ?

ZARÂSTRA.

Toi, Varedha ! C'est donc Ahriman qui t'envoie ?
Que viens-tu faire ici ?

2.

VAREDHA.

Ah ! de quel Dieu je suis la proie,
Quel sentiment s'agite en mon cœur obscurci,
Hélas ! je l'ignore moi-même.
Car j'ai cru te haïr, et pourtant je t'aimais,
Et je ne sais plus désormais
Si je te hais ou si je t'aime.

ZARÀSTRA.

Moi, Varedha, je te plains !
De larmes et d'effroi tes tristes yeux sont pleins.
Et si tu viens à moi le repentir dans l'âme,
Étant le serviteur du Dieu de charité,
Je te pardonne, ô pauvre femme.

VAREDHA.

Oui, je me repens du mensonge infâme
Qu'une jalouse ardeur contre toi m'a dicté.
Je me repens, puisque ta voix m'est douce,
Puisque tu ne fais plus le geste qui repousse,
Puisque la pitié pleure en tes yeux apaisés.
Ah ! ma folie et mon mensonge,
Tu les a sans doute excusés !

S'animant peu à peu.

Songe combien je t'aimais! Songe
Qu'une autre femme allait me ravir tes baisers.
Rien qu'à m'en souvenir, dans mon sein qu'il dévore,
Renaît le feu que mon repentir étouffait.
Je suis toujours jalouse, et toujours je t'adore.
Je ne puis regretter le crime que j'ai fait ;
Et pour t'avoir à moi, je ferais plus encore.

ZARÀSTRA.

Femme, l'esprit du mal dans ton âme est rentré.

VAREDHA.

Ah! laisse-moi rêver tout haut ce que j'espère!
Si tu veux être à moi, voici, grâce à mon père,
　　Ce qu'en retour je t'offrirai.
　　Mon père, travaillant dans l'ombre,
　　T'a fait des partisans sans nombre
　　Et des conjurés sans effroi.
Tu n'as qu'un mot à dire, et sa voix les entraîne;
Et, le roi renversé, c'est toi qui seras roi
　　Avec ta Varedha pour Reine!

ZARÂSTRA, majestueusement.

　　Mon rêve est un rêve divin!
Je suis le Mage.

VAREDHA.

　　　　Ah! je le vois enfin,
Va, tu me hais toujours! A présent, j'en suis sûre.
　　Eh bien! blessure pour blessure!
Tu connaîtras aussi la hideuse morsure
Que fait la jalousie en un cœur ulcéré.
Apprends qu'Anahita...

ZARÂSTRA.

　　　　Ne me parle point d'elle.
Tais-toi!

VAREDHA.

　　　　Si, si, je parlerai!
Sache, à ton souvenir, comment elle est fidèle...

ZARÂSTRA.

Je ne veux rien savoir... Tais-toi, monstre exécré!...

　　　　　　　　　Il lève la main sur elle.

VAREDHA, à genoux, se traînant et le contemplant avec adoration.

Ah !... Frappe! Frappe!...

> Sous tes coups tu peux briser
> Tout mon corps qui t'aime.
> Il est tien! Tu peux briser.
>
> Dans mon cœur veux-tu puiser
> Tout mon sang qui t'aime,
> Dans mon cœur veux-tu puiser?
>
> Ce sera comme un baiser
> Pour ma chair qui t'aime.
> Ce sera comme un baiser.

ZARÂSTRA, la repoussant.

Va-t-en! Épargne-moi l'horreur de cette ivresse;
Car je préfère encor ta haine à ta caresse.

VAREDHA, se traînant à terre et le suivant.

> Ton outrage en vain me mord,
> Qu'importe! Je t'aime.
> Ton outrage en vain me mord.
>
> Frappe donc, et sans remord,
> La folle qui t'aime!
> Frappe donc et sans remord.
>
> Dans la vie et dans la mort
> Je t'aime, je t'aime!
> Dans la vie et dans la mort.

ZARÂSTRA.

Ni dans la mort ni dans la vie
Ta soif ne doit être assouvie.
C'est Anahita que j'aimais,
Et toi, je te fuis pour jamais.

Il s'éloigne d'elle et veut s'enfuir.

VAREDHA, relevée, lui barrant le chemin.

Tu me fuis! soit! Apprends au moins ses fiançailles
Avec un autre amant.

ZARÂSTRA, revenant sur ses pas.

Que dis-tu là?

VAREDHA, triomphante.

Je dis, mage, que tu tressailles,
Et que tu reviendras dans Bakhdi sûrement.

ZARÂSTRA.

Je n'irai pas! Tu mens encor, traîtresse!

VAREDHA.

Tu viendras, je te dis; tu verras ta maîtresse
Aux bras du roi qu'elle aime et qui va l'épouser!

ZARASTRA.

Je n'irai pas! J'ai fui vos infâmes séjours!

VAREDHA.

Tu viendras cependant, car tu l'aimes toujours!

ZARÂSTRA.

Va-t'en! Va-t'en! A ma fiancée infidèle,
Au roi parjure, tu diras...

VAREDHA.

Je dirai que bientôt tu seras auprès d'elle,
Car tu viendras, tu viendras, tu viendras!

Elle se sauve après un geste de suprême défi.

ACTE QUATRIÈME

La salle du sanctuaire dans le temple de la Djahi.

Dôme et pilastres incrustés de pierreries et illuminés par des torchères. — Au fond, l'autel de la Djahi ainsi distribué : en bas, au centre, une estrade réservée à Varedha, Amrou, prêtres et prêtresses. De chaque côté de cette estrade, un escalier montant à une plate-forme sur laquelle s'érige la gigantesque statue de la Djahi, encadrée dans une énorme arcade. Dans les pilastres de cette arcade, de chaque côté de la statue, une porte basse, close, en or massif. — A gauche et à droite, près du pied des escaliers, portes donnant accès à des salles souterraines et fantastiquement éclairées. — En haut des rampes de l'escalier, perspectives de salles au plafond en dôme.

SCÈNE PREMIÈRE

PRÊTRES, PRÊTRESSES, GUERRIERS, DANSEUSES, AMROU et VAREDHA sur l'estrade.

Au lever du rideau, et pendant tout le ballet, jusqu'au signal donné par Amrou, la statue demeure voilée sous une immense gaze de pourpre transparente.

BALLET

LES MYSTÈRES DE LA DJAHI

PERSONNAGES :

LA CHARMÉE, LA CHARMEUSE, PRÊTRESSES, TOURNEUSES, THURIFÉRAIRES, ÉCHANSONNES ET FLORALES.

Des tourneuses, au rhythme monotone et grisant de leur tourbillon, versent dans l'air des effluves de vertige.

On introduit la vierge qui va être initiée aux mystères, la Charmée,
étonnée, peureuse, elle résiste aux premières incantations mi-
mées et magnétiques de la Charmeuse.

On lui fait boire la liqueur sacrée, le troublant Hôma. Sa peur se
change en curiosité.

Les prêtresses l'entourent, la cachent sous des voiles qui symbo-
lisent la nuit, où les secrets de la Djahi lui sont révélés par la
Charmeuse.

Elle sait, elle accepte, elle revient à la lumière et son extase fleurit
en brillantes fusées de joie.

On la consacre à la déesse. Son cœur et ses sens en reçoivent
l'ivresse mystique, puis l'ivresse réelle qui monte en elle comme
une folie.

Et c'est elle alors, la Charmée devenue la Charmeuse à son tour,
c'est elle qui entraîne toutes les prêtresses dans un tourbillon
final où s'épanouit et s'exalte l'âme même de la Djahi, pâmée,
orgiaque et frénétique.

LA FOULE, pendant le ballet.

Djahi! Djahi! Djahi!
A ton nom qui nous aiguillonne,
Le flot de la danse a jailli.
Le voici qui tourbillonne,
Djahi! Djahi! Djahi!

AMROU.

Prêtres, l'heure est venue
Dévoilez de Djahi la splendeur nue.

Le voile s'enlève au cintre et la statue colossale apparaît, en bois précieux,
diamantée de gemmes polychromes.

Et sous les encensoirs devant eux balancés,
Ouvrez le sanctuaire aux fiancés.

SCÈNE II

Les Mêmes, ANAHITA, LE ROI

Les deux portes d'or de la plate-forme s'ouvrent. Par celle de gauche sort Anahita par celle de droite le roi. Les enfants thuriféraires les encensent. Lentement, la reine et le roi descendent chacun par un escalier, tandis que l'assistance chante.

LA FOULE.

Djahi terrible et charmante,
Dompte et prends ce cœur altier,
Toi par qui le monde entier
Est la vendange fumante
Où le vin d'amour fermente.

Anahita et le roi sont arrivés en scène. Amrou, descendu de l'estrade est venu se placer entre eux.

AMROU.

Fais fleurir, ô sainte ivresse,
Leurs yeux chantants
D'un printemps
D'allégresse.

O douce ivresse,
Que ton désir
A loisir
Les caresse !

Folle ivresse,
Que ce désir
De plaisir
Les oppresse !

Fais fleurir, mystique ivresse,
    Leurs yeux chantants
      D'un printemps
      D'allégresse !

    Mystique ivresse,
    Sois leur maitresse !

    Sainte ivresse,
    Verse aux époux
    L'allégresse !

Par la Djahi, fiancés, à genoux !...

ANAHITA.

Non, non je ne veux pas. Non, jamais !

LA FOULÉ.

                Que dit-elle?
Elle ose refuser le roi !

ANAHITA, au roi.

Pardon si je te fais cette injure mortelle;
Mais, tu le sais, je ne puis être à toi !

LE ROI.

Va, tu seras à moi quand même !
En vain j'ai supplié, j'ai pleuré, pour t'avoir.
Tu méprisas mes pleurs ; connais donc mon pouvoir.
    Je suis le Maître et je t'aime !
                         A Amrou.
    Prêtre, fais ton devoir !

ANAHITA, au roi.

Ah ! si tu m'aimes, sois bon, sois tendre,
    Et par pitié, daigne m'entendre !
Ah ! laisse-moi partir, rends-moi la liberté !
    Il faut l'espace illimité

                              3

A ce cœur fier et sauvage
Qui ne peut aimer en esclavage !

Sur la mélodie des prisonniers touraniens du premier acte.

Vers le steppe aux fleurs d'or
Laisse-moi prendre l'essor !
Laisse-moi voir encor
Mon beau ciel pâle

Où la neige en neigeant
Sous la lune à l'œil changeant
Fait germer dans l'argent
Des fleurs d'opale.

Ah ! leïa, leïa, leïa, leïa, à, à !

LE ROI.

Ton pays adoré, si tu veux le revoir,
Avec moi pour époux il faut y reparaître.

A Amrou.

Prêtre, fais ton devoir !

LA FOULE.

Que le roi soit obéi !
Anahita, cède à Djahi !

ANAHITA, indignée.

Roi, ne me traite pas en esclave, ou prends garde !
On a vaincu mon peuple ; on ne l'a pas dompté.
Par dessus l'horizon, il entend, il regarde.
Il sait qu'on veut m'unir contre ma volonté.
Prends garde à ce peuple irrité.
Déjà sans doute...

D'un air inspiré et s'exaltant peu à peu.

Oui, oui, je le pressens, oui, c'est la vérité,
Déjà pour me défendre il est en route.

On entend à l'orchestre ce qu'elle croit entendre dans son hallucination : la chanson touranienne rhythmée en marche de lointaines trompettes.

Il vient. Voici là bas, son cri de guerre !... Écoute !
Il vient, mon peuple redouté,

D'un air héroïque.

Là, leïà, leïà, leïà, â, â,
Il vient, il va surgir aux murs de ta cité.

LE ROI, avec emportement.

Eh bien, soit ! qu'il vienne !
Que, folles de haine,
Ta race et la mienne
Confondent leurs rangs !
Parmi les mourants
Que mon pied chancelle !
Versé par torrents,
Que le sang ruisselle !
Qu'importe ! Je t'aime et je veux t'avoir !

A Amrou

Pour la dernière fois, prêtre, fais ton devoir !

Il prend Anahita par les mains ; elle se débat ; il la force à s'agenouiller. Le gong
sacré retentit.

AMROU.

Par les Dévas, je vous unis !

ANAHITA avec un cri, et défaillant.

Dieux !

LA FOULE.

Pour toujours ils sont unis !

VAREDHA, du haut de l'estrade.

Enfin, je suis vengée !

LA FOULE.

Que dit-elle ? Vengée !

ANAHITA, remontant vers Varedha qui est descendue au-devant d'elle.

Que dis-tu là ?

VAREDHA, ivre de haine.

Je dis que lorsqu'il reviendra,
Ton Zaràstra,
Aux bras d'un autre il te verra.
Je dis que mon amour n'était point partagée ;
Je dis qu'il ne m'avait jamais promis sa foi ;
Je dis que j'ai menti pour l'éloigner de toi,
Pour punir son mépris qui m'avait outragée ;
Je dis qu'Anahita ne peut plus désormais
Me ravir celui que j'aimais ;
Je dis qu'enfin je suis vengée !

ANAHITA à Varedha.

Infâme ! Infâme !

CRIS PROLONGÉS au dehors se rapprochant peu à peu.

A mort !

La cérémonie est interrompue. On écoute avec stupeur.

TOUS.

Quels sont ces cris ?

Tous remontent en désordre. Des groupes désignent du haut des rampes les Touraniens dont les trompettes sonnent dans les premières salles du temple. Les cris
s'accentuent et se rapprochent.

ANAHITA.

C'est lui,
C'est mon peuple. J'en suis sûre. Oui, oui !
Il vient ! il vient ! C'est lui !

GROUPES DIVERS.

Les Touraniens !... Au combat !... Ah ! voyez !
Là, là, cette lueur !

ANAHITA.

Mon peuple ! Mes guerriers !

GROUPES DIVERS.

Le feu !.. La mort !.. Fuyons !.. Ah !... Où !.. De quel côté ?

Les Touraniens, la torche et le fer à la main, ont envahi le temple. La foule est repoussée jusqu'au bas des escaliers. Mêlée. Tuerie. Varedha veut se jeter sur Anahita et la poignarder ; mais des guerriers touraniens entourent et protègent leur reine, à qui l'un d'eux tend un sabre qu'elle brandit, commandant le massacre. Le roi, Amrou et Varedha sont frappés. Et dans ce tumulte, les voix se mêlent, criant ou chantant, dominées par celle d'Anahita, triomphante et féroce.

ANAHITA, le sabre en main et bondissant çà et là parmi la tuerie comme une folle.

C'est lui, mon peuple redouté !
Là, leïà, à, à, c'est lui, là, à, à, à !
Là ! C'est lui ! Là ! Leïà !
C'est lui ! Voici son cri de guerre. Leïà !
Leïà ! leïà ! à ! à !

3.

ACTE CINQUIÈME

———

Même décor qu'à l'acte précédent, mais absolument en ruines. L'estrade est détruite ; les escaliers sont effondrés ; seule, sous un arceau qui surplombe, la statue de la Djahi s'élève gigantesque et intacte devant l'autel incendié et fumant encore. Pêle-mêle dans les décombres, éclairés par les derniers reflets sinistres de l'incendie lointain, des cadavres épars gisent, parmi lesquels celui du roi et celui d'Amrou. A droite, plus en avant, adossé contre un tronçon de colonne, le corps de Varedha, inerte, raide, les yeux fixes.

SCÈNE PREMIÈRE

ZARÂSTRA marche lentement au fond, apparaissant et disparaissant parmi les ruines. Il arrive enfin sur ce qui reste de l'escalier qui mène à l'autel de la Djahi.

Rien !... Il ne reste rien !... Si loin que je contemple,
Tout est détruit ! tout !
Et plus un mur debout
Des remparts et des tours, des palais et du temple !

Les guerriers du Touran dans leur férocité
Ont tout anéanti de la haute cité !...
Et mon peuple, accablé sous l'effort de leur rage,
Est comme un pré fauché par la faux de l'orage !

O mon pays en deuil, jadis si glorieux,
Est-ce toi, ce désert où s'arrêtent mes yeux ?
Est-ce ton sol, ce sol où je n'ose descendre,
Parmi ces lacs de sang et ces amas de cendre ?

O mon pays, toujours je t'appartiens.
Tu renias ton fils ! Mais j'oublie à cette heure
Les maux que j'ai soufferts pour ne penser qu'aux tiens,
Et c'est sur toi, sur toi seul que je pleure !

Descendant et considérant les cadavres.

Ah ! ces morts !.. Ici !.. Là !.. Partout !

Il se baisse et reconnaît le Roi.

Dieu ! Le roi !.. mort !

S'éloignant et s'inclinant vers un autre cadavre.

Amrou ! L'infâme Amrou !

Il le regarde ; puis, subitement, apercevant le corps de Varedha.

Varedha !... Les yeux vides !

Il se rapproche et la contemple longuement.

La haine rend vivants ses yeux qu'emplit la mort !

Se détournant, et avec angoisse.

J'ai peur !... Qui sait si là, parmi ces fronts livides,
Je ne vais pas trouver... ?

Il se cache le visage de ses mains.

O Dieu bon, Dieu clément,
Épargne à mon cœur aimant
Cette épouvante !

Comme il se remet à chercher, la fanfare touranienne frappe son oreille.

Oh ! ciel ! Est-ce une illusion !... Mais si !
Les guerriers du Touran !... Les voici !

Au fond, passent des cavaliers touraniens, précédant la litière d'Anahita

Anahita !... Vivante !

SCÈNE II

ANAHITA.

Toi ! toi, mon adoré !

Zaràstra s'est élancé au-devant d'Anahita sortie de la litière et la ramène ; ma
Anahita s'est détachée des bras de Zaràstra et s'est agenouillée devant lui.

Non, laisse à tes genoux se prosterner la folle
        Qui commit le crime abhorré
        De ne pas croire à ta parole
Et renia l'amour qu'elle t'avait juré !

                    Avec résignation.

Triste amour, hélas ! mort pour toujours !
Car je sais qu'à ton Dieu tu consacras tes jours.

ZARÂSTRA.

        Va, ce Dieu, dont je suis le Mage,
De sa splendeur ta splendeur est l'image ;
        Et t'aimer, c'est lui rendre hommage !
Lui qui dans mon chemin mit ton amour vainqueur,
Il ne m'oblige pas à passer sur la terre
        Sans avoir senti battre un cœur
        Auprès de mon cœur solitaire !

        Oui !... ce Dieu du feu, ce Dieu que j'adore,
C'est le Dieu d'amour, c'est le Dieu qui dore
Les fruits de ta chair, les fleurs de tes yeux !
C'est le Dieu qui luit quand tu te dévoiles ;
Et dans le soleil et dans les étoiles,
C'est toi, toujours toi, que je vois aux cieux !

ANAHITA.

Ah! parle encor, encor !
Les mots que tu dis
Ils sont pour moi l'essor
Au bleu Paradis !

Adieu les jours en pleurs!
Voici venir les jours d'or.
J'en vais cueillir les fleurs.
Ah! parle encor!

ZARÂSTRA.

O cher, ô pur trésor,
C'est toi qui les dis
Les mots ouvrant l'essor
Au bleu Paradis!

Viens, je boirai tes pleurs
En baisant tes longs cils d'or,
Pour voir tes yeux en fleurs
Fleurir encor!

Revenant à lui et s'éloignant d'Anahita.

Mais non!...

ANAHITA, avec effarement.

Non?

ZARÂSTRA.

Dans un rêve insensé je m'oublie.
Ces ruines!... Ces morts!... Ma patrie abolie!...
Mon peuple massacré par le tien triomphant!...
Je ne puis être à toi... Leur voix me le défend!

ANAHITA, persuasive et tendre.

Ah! n'entends que ma voix, et souviens-toi de l'heure
Où ma race pleurait comme la tienne pleure,

Où je n'entendis rien et tombai dans tes bras!...
Les instants sont les mêmes.
Dis-moi que tu m'aimes!
Dis-moi que, malgré tout, toujours tu m'aimeras!

ZARÂSTRA, cédant peu à peu.

Ah! parle encor, encor!
Les mots que tu dis

ENSEMBLE.

Ils sont pour nous l'essor
Au bleu Paradis!

SCÈNE III

Depuis un instant, Varedha revenue à elle, essaie de se soulever; mais ses forces la trahissent; elle retombe au moment où Zarâstra et Anahita, se disposant à fuir, se trouvent face à face avec elle.

ANAHITA ET ZARÂSTRA, reculent avec un cri d'effroi devant la prêtresse.

VAREDHA, d'une voix entrecoupée.

Oui! moi, moi qui vous hais! Moi qu'hélas! vous bravez!. .
Je vais mourir!... Et vous vivez!...
Ah! que sur vous du moins, auteurs de mon supplice,
Ma malédiction suprême s'accomplisse!
Je vous maudis! Je vous maudis tous les deux!

ANAHITA, affolée.

Ha!

Fuyons! fuyons! J'ai peur.

ZARÁSTRA.

Non! sois sans épouvante!
Ahoura
Nous défend.

VAREDHA, remontant vers la statue qu'elle invoque à grands cris.

Djahi!... Djahi!... Djahi toujours vivante,
Sois avec moi
Contre les Dieux nouveaux! Exauce-moi!
Djahi! Venge-moi! venge-toi!
Je t'implore.

Viens, rouge incendie!
O flamme agrandie,
Sois sur eux brandie!
Et tombe en pluie ardente aux flots crépitants!
Tombe encore,
Et les dévore!
Sanglante aurore,
Viens illuminer mes derniers instants!

ENSEMBLE

ANAHITA.

La flamme agrandie
Est sur nous brandie
Par l'horrible femme aux cris insultants.
O toi que j'adore,
S'il est temps encore,
Protège en tes bras mes derniers instants.

ZARÁSTRA.

La flamme agrandie,
Est sur nous brandie.
Flamme! sans peur, je t'attends!
Le Dieu que j'adore

        LE MAGE.

Ici règne encore !

O Dieu, je t'implore,

Et tu m'entends !

Pendant l'invocation de Varedha, des lueurs rouges enveloppent la statue de la Djahi, d'abord intérieures, puis jaillissent d'elle en langues de feu, avec des crépitements sinistres ; en même temps, sur les décombres traînent des fumées qui, peu à peu, s'éclairent et bientôt se changent en flammes ; puis, sur les derniers mots du trio, la statue incandescente s'effondre et s'abîme, ouvrant un gouffre énorme d'où s'élèvent des tourbillons de flamme. Anahita et Zarâstra reculent devant ce brasier. La retraite leur est barrée par une muraille d'incendie.

VAREDHA, avec un rire infernal.

Ah ! je triomphe !... Et vous êtes perdus !...

A Anahita.

Va, pleure,

Gémis, appelle !... Elle a sonné la dernière heure !

Car vous ne fuirez pas !... Non !... Vous ne fuirez pas !...

ANAHITA.

Dans la flamme ! Horreur ! Quel trépas !

ZARÂSTRA, calme et inspiré.

Si je suis ton élu, ton prêtre, ô Dieu du feu,

Fais-le voir en ce lieu,

Pour qu'avec moi le monde entier te rende hommage !

Avec foi et autorité.

Flammes, écartez-vous !... Laissez passer le Mage !...

Au commandement de Zarâstra, les flammes s'écartent et s'éteignent brusquement, lui ouvrant un chemin. D'un pas solennel et triomphant, il emmène Anahita enlacée à lui, tandis que Varedha tombe morte en poussant un suprême cri de rage, étouffé sous le chant glorieux de l'hymne Mazdéen, aux accords duquel tombe le rideau.

FIN

IMPRIMERIE CHAIX, RUE BERGÈRE, 20, PARIS. — 4774-2-91.

OEUVRES DE JEAN RICHEPIN

POÉSIE

PROSE

THÉÂTRE

IMPRIMERIE CHAIX, 20, RUE BERGÈRE, PARIS. — 4776-2-91.

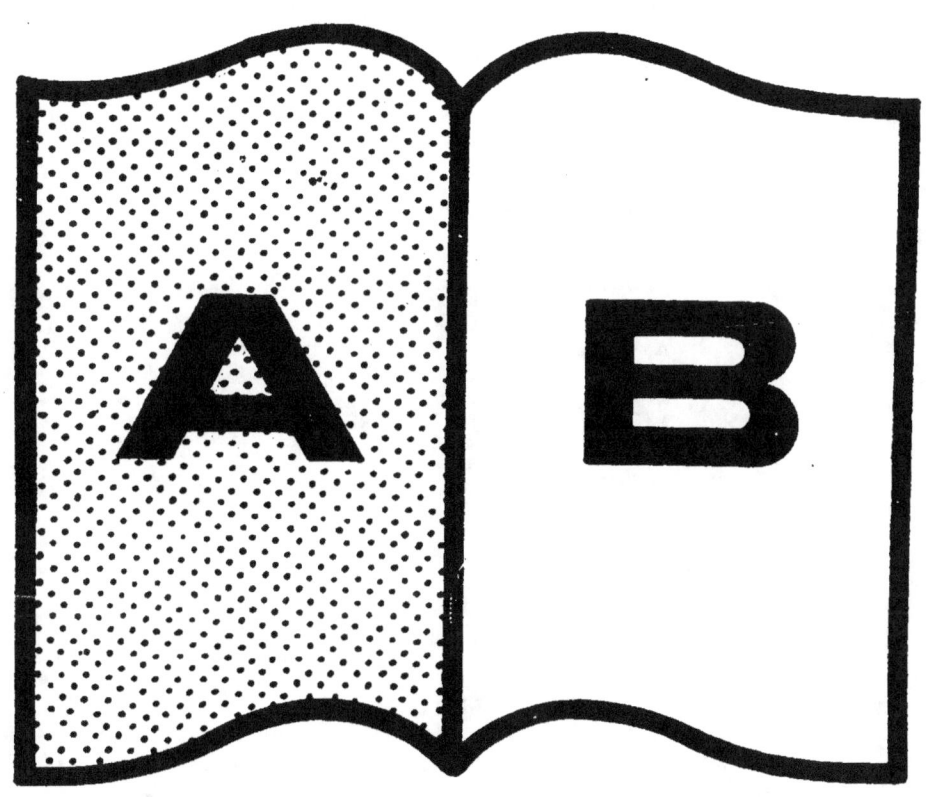

Contraste insuffisant

NF Z 43-120-14

www.ingramcontent.com/pod-product-compliance
Lightning Source LLC
Chambersburg PA
CBHW061650180626
46818CB00003B/1030